Tascabili Peanuts 7

Titolo originale
COURAGE, CHARLIE BROWN

Printed by Baldini&Castoldi

ISBN 88-8089-204-5

CHARLES M. SCHULZ

PEANUTS®

CORAGGIO, CHARLIE BROWN!

PLOP!

Prosegue la ristampa cronologica dei Peanuts, ovvero noccioline o anche personcine di Charles M. Schulz. Il piccolo mondo di quello che è stato chiamato senza esitazioni da Umberto Eco "un Poeta" si è ormai irradiato in tutto il resto del grande mondo. Non a caso, l'autore di *Apocalittici e Integrati* ha definito così il grande narratore a fumetti di St. Paul (Minnesota) e ha spiegato il perché del suo giudizio. "Quando dico 'poeta' lo dico per fare arrabbiare qualcuno. Gli umanisti di professione, che non leggono i fumetti; e coloro che accusano di snobismo gli intellettuali che fingerebbero di amare i fumetti. Ma sia bene inteso: se 'poesia' vuole dire capacità di portare tenerezza, pietà, cattiveria a momenti di estrema trasparenza, come se vi passasse attraverso una luce e non si sapesse più di che pasta sian fatte le cose, allora Schulz è un poeta...». Il gruppo di personcine cresce e si fa sentire, parla sommessamente ma irresistibilmente al cuore di tanti. È esplosa una grande cotta per Charlie Brown e compagnia.

TI SEI MAI SOFFERMATO A PENSARE CHE TUTTI I GIORNI E` IL COMPLEANNO DI QUALCUNO?
QUALUNQUE GIORNO SIA, C'E` QUALCUNO NEL MONDO CHE COMPIE GLI ANNI!
CI HAI MAI PENSATO, CHARLIE BROWN?
NO, NON POTREI PROPRIO DIRLO...
AVRAI DEI FASTIDI QUANDO SARAI ALL'UNIVERSITA`!
SCHULZ

SAI UNA COSA?
L'ULTIMO PIANOFORTE DI BEETHOVEN E` STATO MANDATO A RESTAURARE A NORIMBERGA
CIO` E` MOLTO INTERESSANTE
IL MIO CATCHER HA TANTE COSE PER LA TESTA!
SCHULZ

QUAL E` IL PUNTEGGIO, CAPITANO?
PERDIAMO CINQUANTASETTE A ZERO!
PERCHÉ NON CERCHIAMO DI SVIGNARCELA E ANDIAMO A CASA A GUARDARE LA TV O QUALCOS'ALTRO?
I CAPITANI NON ACCETTANO MAI SUGGERIMENTI!
SCHULZ

PORTI GLI OCCHIALI PERCHÉ SEI MIOPE O PRESBITE?
COSA VUOL DIRE?
BEH, MIOPE E` QUANDO CI VEDI DA... O QUELLO E` PRESBITE?
PRESBITE E` QUANDO CI VEDI DA...OPPURE E` IL CONTRARIO? FORSE E` QUANDO... O FORSE... O FORSE E`...
SCHULZ
IO PORTO GLI OCCHIALI PER VEDERCI MEGLIO!

SEI UN DEFI-CIENTE !
COME MI HAI CHIAMATO... IMBECILLE ?
NON HO DETTO "IMBECILLE"... HO DETTO "DEFICIENTE"
OH, AVEVO CAPITO "IMBECILLE"...
ECCO COSA PROVOCA TANTI GUAI FRA LA GENTE OGGI... NON C'E' UNA ESATTA COMPRENSIONE !
SCHULZ

CERTI GIORNI HO IL SAPORE DI UNA MARCA INFERIORE !
SCHULZ

MI CHIEDO SE LE STELLE ABBIANO VERAMENTE DELLE PICCOLE PUNTE...
NO, CIO' È DOVUTO AL NOSTRO ASTIGMATISMO, CHE È UNA DISTORSIONE DELLA VISTA CAUSATA DA IRREGOLARITÀ NELLA SUPERFICIE DELLA CORNEA
IL MIO OCULISTA DICE CHE UN LIEVE GRADO DI ASTIGMATISMO È NORMALE, E QUESTO CI IMPEDISCE DI VEDERE LE STELLE COME PUNTI LUMINOSI ROTONDI
DI' AL TUO OCULISTA CHE MI HA GUASTATO IL PIACERE DI GUARDARE LE STELLE!
SCHULZ

QUANTO SONO ALTE LE NUVOLE, LINUS?
OH, SONO A DIVERSE ALTEZZE... ALCUNE SONO "ALTE LONTANISSIMO" E ALTRE SONO "ALTE APPENA LASSÙ"
CHE RAZZA DI SPIEGAZIONE È QUESTA?
A VOLTE È MEGLIO TRATTARE QUESTE COSE NEL LINGUAGGIO DEI PROFANI!
SCHULZ

STO CERCANDO DI IMPARARE A FARE I NODI
QUESTO CHE STO FACENDO È UN NODO A"BOCCA DI LUPO"
CONOSCO QUALCHE LUPO CHE SAREBBE PRONTO A FARSI UNA BELLA RISATA!
SCHULZ

DICE QUI CHE LA FORZA DI GRAVITÀ È OGGI MINORE DEL 13% RISPETTO A 4 ½ BILIONI DI ANNI FA...
DI CHE È LA COLPA?
DI CHE È LA COLPA? NON È COLPA DI NESSUNO...
COME SAREBBE A DIRE, DI NESSUNO? DEVE ESSERE COLPA DI QUALCUNO! BISOGNA TROVARE QUALCUNO CHE SI PRENDA LA COLPA!
UN CAPRO ESPIATORIO!!
SCHULZ

HAI SENTITO COSA STAVO DICENDO A LUCY?
HANNO SCOPERTO CHE LA FORZA DI GRAVITA' E' OGGI MINORE DEL 13% RISPETTO A 4 ½ BILIONI DI ANNI FA...
PERBACCO, HANNO RAGIONE!
SCHULZ

DIAVOLO...
TUTTE LE VOLTE CHE PIOVE, SI ALLAGA LA CANTINA!
SCHULZ

MA GUARDA COME PIOVE!
NON HO MAI VISTO PIOVERE COSI' FORTE PER TANTO TEMPO...
SONO FELICE DI ESSERE IN CASA...
BEH, ACCIDENTI, SOLO UN VERO DEFICIENTE STAREBBE FUORI CON UNA PIOGGIA COSI'...
DOVE **SONO** TUTTI QUANTI?

PERCHÉ STAI QUI FUORI SOTTO LA PIOGGIA, CHARLIE BROWN?
SAI CHE ABBIAMO UNA PARTITA IN PROGRAMMA PER OGGI...APPENA ARRIVANO TUTTI GLI ALTRI, POSSIAMO COMINCIARE...
SUPPONGO CHE NON TI SIA VENUTO IN MENTE CHE POTREBBE NON VENIRE NESSUN ALTRO...
NEANCHE PER UN SECONDO!
E' CIO' CHE PENSAVO...
DOVE **SONO** TUTTI QUANTI?!
SCHULZ

QUANDO MI ASPETTO UNA PARTITA, NON MI VA DI ESSERE DELUSO
NON VEDO PERCHÉ UN PO' DI PIOGGIA DEBBA TENERE TUTTI LONTANI! SE IO MI PRESENTO IN CAMPO, NON VEDO PERCHÉ GLI ALTRI NON POSSANO!
FORSE IO SONO UN PO' PIU` RISOLUTO DI LORO... FORSE SONO UN PO' PIU` OSTINATO...
...FORSE SONO UN PO' PIU` STUPIDO!
SCHULZ

NON CREDO CHE CI SIA NESSUNO AL MONDO PIU` SCEMO DI MIO FRATELLO!
E` VERAMENTE SCEMO! APPENA L'ALTRO GIORNO GLI STAVO DICENDO CHE E` TALMENTE SCEMO DA NON PENSARE NEMMENO DI RIPARARSI DALLA ....
OH, IO NON...NON...NON... VOGLIO DIRE, IO NON...NON...
OH, BEH...SE SI DOVESSE STARE CONTINUAMENTE A PESARE OGNI PAROLA CHE SI DICE, NON SI DIREBBE MAI NIENTE!
SIGH
SCHULZ

PARE CHE NON DEBBA MAI PIU' SMETTERE DI PIOVERE!
SCOMMETTO CHE IL LIVELLO DEL FIUME STA SALENDO...FRA UN PO' AVREMO UN'INONDAZIONE...
SE TUTTO IL MONDO SI ALLAGASSE, UNA PEDANA DEL PITCHER SAREBBE PROBABILMENTE IL POSTO PIU' SICURO...
TIENIMI UN POSTO... PUO' DARSI CHE TORNI!
SCHULZ

GRAZIE!
FAI COME A CASA TUA!
SCHULZ

NON STARE LÌ A GUARDARE LA TV SENZA GLI OCCHIALI! VUOI ROVINARTI GLI OCCHI?!
IL MIO OCULISTA DICE CHE NON PORTARE GLI OCCHIALI NON PUÒ FAR MALE AGLI OCCHI, ANCHE SE QUEGLI OCCHIALI SONO INDISPENSABILI PER UNA VISIONE ADEGUATA
COSA PENSA IL TUO OCULISTA DELLA SITUAZIONE INTERNAZIONALE?
SCHULZ

QUESTO È UN RAPPORTO SU QUALI SONO I MIGLIORI MARITI
DENTISTI, DISEGNATORI, GIOCATORI DI HOCKEY, MINATORI E VENDITORI DI MOBILI SONO AI PRIMI POSTI... I PIANISTI SONO SCANDALOSAMENTE IN BASSO!
DOVE HAI TROVATO UN RAPPORTO COME QUELLO?
L'HO APPENA FATTO IO!
SCHULZ

SCHROEDER, TU PENSI CHE UNA RAGAZZA CARINA SIA COME UNA MELODIA?
NON SAPREI...NON HO MAI CONOSCIUTO RAGAZZE CARINE!
POSSA IL TUO STUPIDO PIANO ESSERE DIVORATO DALLE TERMITI!
SCHULZ

HO UN AMICO CHE SUONA LA FISARMONICA...
SA SUONARE POLCHE, VALZER, MAZURCHE... OGNI SORTA DI COSE... SAI, IL TIPO DI MOTIVI CHE PIACE ALLA GENTE
AAUGH!
SAPEVO CHE GLI AVREBBE FATTO EFFETTO!
SCHULZ

MA CHE BELL'AQUILONE, LUCY... E DICI CHE L'HAI FATTO DA TE ?
E' MOLTO CARINO... UNA SPECIE DI AZZURRO CHIARO, VERO ? HA PIU' O MENO LO STESSO COLORE DELLA MIA.....
... COPERTA !
SCHULZ

HAI FATTO UN AQUILONE CON LA MIA COPERTA?
INTENDI DIRMI CHE E' LA MIA COPERTA QUELLA CHE VOLA IN GIRO LASSÙ?
COME HAI POTUTO FARE UNA COSA SIMILE ?!
E' STATO FACILE!
AAUGH!
SANTO CIELO!
SCHULZ

L'HAI LASCIATO ANDARE !
FAI UN AQUILONE CON LA MIA COPERTA E POI LO LASCI ANDARE !!
IO NON VOLEVO
TU NON VOLEVI ? QUESTO SERVE A MOLTO ! COSA FARÒ? COSA FARÒ?
SII FIERO
ESSERE FIERO ?!
CERTO, LA TUA SARÀ LA PRIMA COPERTA A ENTRARE IN ORBITA !
SCHULZ

SE NE VA, LA MIA AMATA COPERTA...
VOLA VIA SOPRA GLI ALBERI, LE COLLINE, LE MONTAGNE, L'OCEANO... NON LA VEDRÒ MAI PIÙ... MAI PIÙ... MAI PIÙ... MAI PIÙ... MAI PIÙ...
POTREI ANCHE ARRENDERMI... NON POSSO VIVERE SENZA QUELLA COPERTA...
NON POSSO AFFRONTARE LA VITA DISARMATO !
SCHULZ

COSA STAI GUARDANDO, LINUS?
NIENTE... QUESTO E` IL GUAIO
LUCY HA FATTO UN AQUILONE CON LA MIA COPERTA, POI L'HA LASCIATO ANDARE E E` VOLATO VIA!
COSI` STAI QUI A ASPETTARE CHE TORNI INDIETRO?
E` ESATTO
BEH, BUONA ATTESA...
GRAZIE
SCHULZ

CHE BISOGNO AVEVI DI PRENDERE LA MIA COPERTA PER FARE UN AQUILONE?
CHE BISOGNO AVEVI DI LASCIARLO ANDARE E PERDERLO? COSA FARO` SENZA LA MIA COPERTA?!!
SMETTI DI LAMENTARTI...TI HO FATTO UN FAVORE...QUELLA COPERTA ERA UNA BRUTTA ABITUDINE E IO TI HO AIUTATO A PERDERLA!
PHOOEY! SUCCHIARSI IL POLLICE SENZA COPERTA E` COME MANGIARE UN CONO SENZA GELATO!

VOGLIO METTERE UN ANNUNCIO SUL GIORNALE, CHARLIE BROWN... SCRIVI, CHE TE LO DETTO...
"SMARRITA...UNA COPERTA AZZURRO CHIARO A FOGGIA DI AQUILONE...SI PREGA DI RIPORTARE"
NIENTE ALTRO?
"PROPRIETARIO DISPERATO!"
SCHULZ

HO BISOGNO DEL TUO AIUTO, SNOOPY...
VOGLIO CHE TI METTI A SCRUTARE IL CIELO...SE VEDI UN AQUILONE AZZURRO CHIARO, E` LA MIA COPERTA...
CONTINUA A GUARDARE... QUESTO E` IL MODO... FAMMI SAPERE APPENA VEDI QUALCOSA...
CIO` E` RISCHIOSO...VERRA` QUALCUNO E MI FARA` IL SOLLETICO SOTTO IL MENTO!
SCHULZ

LA PAROLA COMINCIA A CIRCOLARE, CHARLIE BROWN...
IN TUTTO IL PAESE C'È GENTE CHE SCRUTA IL CIELO IN CERCA DELLA MIA COPERTA
QUALCUNO IN QUALCHE POSTO DOVRÀ PUR VEDERLA...
E SE LA TROVANO, MA NON TE LA RIMANDANO?
OH, LA RIMANDERANNO SÌ... NESSUNO VUOL VEDER CROLLARE UN BAMBINO PICCOLO!
SCHULZ

GUARDA LE LETTERE CHE HO RICEVUTO, CHARLIE BROWN...
QUESTA È DI UNO CHE HA VISTO LA MIA COPERTA VOLARE SUL CANDLESTICK PARK A SAN FRANCISCO, E QUESTA VIENE DALL'OHIO, E QUESTA DA MINNEAPOLIS...
QUI C'È UNA PERSONA CHE CREDE DI AVER VISTO LA MIA COPERTA VOLARE SOPRA IL GRAND CANYON...
PARE CHE LA TUA COPERTA VADA UN BEL PO' IN GIRO
HA SEMPRE DESIDERATO VIAGGIARE...
SCHULZ

ECCO UNA LETTERA DA BODEGA BAY, CALIFORNIA...
"CARO LINUS, IERI ERO A UN PICNIC CON TUTTA LA FAMIGLIA E CI E` PARSO DI VEDERE LA TUA COPERTA... L'ABBIAMO INSEGUITA PER I CAMPI, MA NON SIAMO RIUSCITI A PRENDERLA..."
"L'ULTIMA VOLTA CHE L'ABBIAMO VISTA, VOLAVA SEMPRE PIU` IN ALTO E SI DIRIGEVA VERSO...
.....MISERICORDIA...L'OCEANO!"
SCHULZ

L'HANNO VISTA! L'HANNO VISTA!
QUALCUNO HA VISTO LA MIA COPERTA VOLARE SULL'OCEANO PACIFICO!
OH, LA MIA POVERA COPERTA! HA SEMPRE AVUTO PAURA DELL'ACQUA! NON SA NUOTARE!
NON SA NEMMENO GUADARE!
SCHULZ

GUARDA, CHARLIE BROWN... UN TELEGRAMMA DEL SERVIZIO DI SALVATAGGIO DELL'AVIAZIONE!
HANNO TROVATO LA MIA COPERTA CHE GALLEGGIAVA SULL'OCEANO... DUE INFERMIERI SI SONO CALATI DA UN ELICOTTERO E L'HANNO SALVATA!
WOW!
QUESTO SERVIZIO DI SALVATAGGIO DELL'AVIAZIONE E' FORMIDABILE...
DIREI...
GLI ASTRONAUTI DELLA GEMINI DODICI E LA **MIA** COPERTA... TUTTO NELLO SPAZIO DI CINQUE SETTIMANE!
SCHULZ

BEH, LINUS HA RIAVUTO INDIETRO LA SUA COPERTA, NO?
CERTO, GLI HAI CAUSATO UN SACCO DI GUAI... CHE EFFETTO TI FA SAPERE CHE GLI HAI PROCURATO TUTTO QUEL DOLORE E QUELL'ANGOSCIA?
NON HAI RIMORSI, LUCY?
GLI INSETTI SONO AFFASCINANTI... POTREI STARE A GUARDARLI PER DELLE ORE...
NO, SI DIREBBE CHE NON NE HA...
SCHULZ

SAI UNA COSA, SNOOPY? IO LA GENTE NON LA CAPISCO...
PER QUANTO MI CI SFORZI, NON RIESCO PROPRIO A CAPIRLA!
CAPISCO COME SI SENTE...IO HO SMESSO DI CERCARE DI CAPIRE LA GENTE DA MOLTO TEMPO
ADESSO LASCIO CHE CERCHINO LORO DI CAPIRE ME!
SCHULZ

DOV'E' TUTTO QUESTO GRAN DIVERTIMENTO IN UN PALLONE?
SCHULZ

IERI SONO STATO DAL MIO OCULISTA ...
HA DETTO CHE POSSO FARE A MENO DI PORTARE GLI OCCHIALI SEMPRE...HA ANCHE DETTO CHE QUALCHE GIORNO FA HA FATTO UN OTTANTA...
AVETE PARLATO DI GOLF?
OH, SI'... GLI CHIEDO SEMPRE COME VA IL SUO GIOCO...
LO METTE A SUO AGIO DURANTE LA VISITA
SCHULZ

MI PORTERESTI ANCHE UN CONO GELATO, CHARLIE BROWN?
LO VOGLIO DI CREMA E CIOCCOLATO COL CIOCCOLATO IN CIMA
CHE DIFFERENZA FA?
FA TUTTA LA DIFFERENZA DEL MONDO...SE LA CREMA È IN FONDO, DOPO TI RESTA UN SAPORE MIGLIORE!
IGNORAVO CHE NEL CUORE DELLA NOSTRA STESSA FAMIGLIA AVREMMO AVUTO UN INTENDITORE DI GELATI!
SCHULZ

LE NUVOLE HANNO PADRI E MADRI ?
LE NUVOLE VIVONO E MUOIONO ? HANNO SPERANZE E SOGNI ? PROVANO DOLORE ? HANNO TIMORI E ANSIE ?
TORNIAMO ALLA PRIMA DELLE TUE DOMANDE...
SCHULZ

DIAVOLO! UN'ALTRA PARTITA PERSA!
CREDEVO DAVVERO CHE QUESTA VOLTA AVREMMO VINTO...
PER UN BREVE MOMENTO LA VITTORIA E' STATA NELLE NOSTRE MANI !
POI IL GIOCO HA AVUTO INIZIO !
SCHULZ

MI RITIRO! MI RIFIUTO DI GIOCARE PER UNA SQUADRA CHE NON VINCE MAI !
NON ANDARTENE, VIOLET! TI PREGO! ABBIAMO BISOGNO DI TE! DOBBIAMO RESTARE UNITI !
DOPO TUTTO, NON È VINCERE CHE CONTA... IL DIVERTIMENTO È NEL GIOCARE !
OH, MAMMA MIA !
SCHULZ

MI RITIRO!
È RIDICOLO CONTINUARE A GIOCARE PER UNA SQUADRA CHE PERDE SEMPRE !
QUESTA SQUADRA NON COMBINERÀ MAI NIENTE! ANDRÀ SOLO AVANTI A PERDERE, PERDERE, PERDERE !!!
MI RIFIUTO DI GIOCARE ESTERNO SINISTRO PER UNA NAVE CHE AFFONDA !
SCHULZ

MI DISPIACE, CHARLIE BROWN, MA PENSO CHE MI RITIRERO' ANCH'IO...
E' DURO GIOCARE PER UNA SQUADRA CHE PERDE SEMPRE... E' DEPRIMENTE... IO SONO IL TIPO CHE OGNI TANTO HA BISOGNO DI VINCERE... TU SEI DIVERSO...
PENSO CHE TU TRAGGA UNA SPECIE DI PIACERE NEVROTICO DAL PERDERE SEMPRE...
PSICHIATRIA DA "LEGA MINIMA"!
SCHULZ

TUTTA LA MIA SQUADRA MI HA ABBANDONATO!
TUTTO CIO' CHE MI RESTA SONO DEI BRUTTI RICORDI E UN MUCCHIO DI BERRETTI DA BASEBALL VUOTI...
NESSUN ALLENATORE SAPREBBE FARE **QUESTO**!
SCHULZ

IN UN CERTO SENSO, CIO' E' INTERESSANTE...
HO L'OCCASIONE DI OSSERVARE DI PRIMA MANO COSA SUCCEDE A UN ALLENATORE DI BASEBALL QUANDO LA SUA SQUADRA LO ABBANDONA...
C'E' UN UOMO APPASSIONATO DEL SUO LAVORO... IMPROVVISAMENTE SI TROVA SENZA SQUADRA.... COSA FA? DOVE VA?
VA A CASA!
SIGH

SCHULZ
NON SALTA!

E ADESSO?
SCHULZ

SO NUOTARE! SO NUOTARE!!
HO APPENA IMPARATO A NUOTARE! SO NUOTARE PER DUE METRI!
BEH, MI FA PIACERE SENTIRLO, LINUS... CONGRATULAZIONI...
SISSIGNORE... SE FOSSI A BORDO DI UN TRANSATLANTICO, E QUESTO AFFONDASSE A DUE METRI DALLA RIVA, NON AVREI DA PREOCCUPARMI PER NIENTE!
SCHULZ

A QUEST'ORA LINUS SI SARÀ ABITUATO BENE AGLI OCCHIALI...
OH, SÌ... A PROPOSITO, IO CREDO CHE SIA MIOPE...
DAVVERO?
CHIEDIGLI UN PO' CHI VINCERÀ IL CAMPIONATO
SCHULZ

BEH, SALLY, FRA UN PAIO DI SETTIMANE COMINCERAI A ANDARE ALL'ASILO
ASILO?
CERTO... TUTTI DEVONO ANDARE A SCUOLA...
SCUOLA?!
NATURALE! È COSÌ CHE SI DIVENTA ISTRUITI...
ISTRUITI?
PREVEDO DEI GUAI PER QUALCHE POVERA MAESTRA...
MAESTRA?
SCHULZ

NON C'E' QUALCHE SISTEMA PER FARE A MENO DI ANDARE ALL'ASILO?
NE DUBITO, SALLY... TUTTI DEVONO ANDARE A SCUOLA...
DEVE ESSERCI UN MODO PER EVITARLO...
CREDI CHE MAGARI POTREI AVERE UN RINVIO?
SCHULZ

CREDO CHE RIUSCIRO' A NON ANDARE ALL'ASILO, CHARLIE BROWN, SE MI SCRIVI QUESTA LETTERA...
"A CHI DI DOVERE: PREGO ESONERARE SALLY BROWN DALL'ASILO... C'E' BISOGNO DI LEI A CASA..."
NON POSSO SCRIVERE QUESTO!!
NON TI RENDI CONTO CHE E' QUESTO CHE NON VA NELLA SOCIETA' DI OGGI? IL RIFIUTO DELLA RESPONSABILITA'! E' QUESTO CHE CORRODE LA NOSTRA SOCIETA'!
NON SO DI COSA PARLI... SONO TROPPO GIOVANE E INNOCENTE!
SCHULZ

EFFETTIVAMENTE, ANDARE A SCUOLA MI SPAVENTA UN PO'...
HO SENTITO CHE TI FANNO UN SACCO DI DOMANDE... E' VERO?
SI', DIREI DI SI'... MA PERCHÉ QUESTO TI DISTURBA?
CI SONO DELLE COSE CHE AVREI FATTO MEGLIO A NON TIRAR FUORI!
SCHULZ

GUARDA, SALLY, A SCUOLA CI DOVRAI ANDARE, QUINDI POTRESTI ANCHE ABITUARTI ALL'IDEA!
FORSE HAI RAGIONE... CERCHERO' DI PRENDERLA DAL LATO MIGLIORE...
ANDRO' ALL'ASILO, STUDIERO', GIOCHERO' TUTTI I LORO GIOCHI, CERCHERO' DI ANDARE D'ACCORDO CON TUTTI...
MA NON IMPARERÒ IL LATINO!!
SCHULZ

NON HO MAI DETTO CHE VOLEVO DIVENTARE UN TIPO IMPORTANTE...
TUTTO QUELLO CHE VOGLIO FARE DA GRANDE E` SPOSARMI E ESSERE UNA BUONA MOGLIE E MADRE...
PER QUALE MOTIVO DOVREI ANDARE ALL'ASILO?
SCHULZ

IO NON SONO IL TIPO SCOLASTICO!
NON MI RICORDO MAI DOV'E` IL FIUME PIU` LUNGO, E QUANTO SONO ALTE TUTTE QUELLE MONTAGNE, E TUTTI QUEI RE INGLESI!
NON RIESCO A RICORDARMI TUTTA QUELLA ROBA DEL RAMO LEGISLATIVO E DEGLI STATI E I VOTI ELETTRICI E CHI ERA IL VICE PRESIDENTE E TUTTO QUANTO! **NON CI RIESCO**!
NON VOGLIO ANDARE ALL'ASILO!
SCHULZ

DOMANI E` IL PRIMO GIORNO DI SCUOLA...
LA POVERA SALLY E` TANTO NERVOSA CHE, SE QUALCUNO MENZIONASSE L'ASILO, SCOMMETTO CHE FAREBBE UN SALTO IN ARIA DI DIECI METRI...
ASILO!
SOLO TRE METRI... LO SAPEVO CHE STAVI ESAGERANDO...

CREDO CHE TUA SORELLA ABBIA BISOGNO DI AIUTO, CHARLIE BROWN...
QUESTA SUA PAURA DELL'ASILO VA AL DI LA` DELLE NORMALI PAURE DEI BAMBINI IN ETA` PRESCOLASTICA...CREDO DAVVERO CHE ABBIA BISOGNO DELL'AIUTO DI UN PROFESSIONISTA...
FORSE HAI RAGIONE...
PSYCHIATRIC CARE 5¢
THE DOCTOR IS IN
SCHULZ

PSYCHIATRIC CARE 5¢
IL MIO PROBLEMA E' CHE HO PAURA DELL'ASILO
THE DOCTOR IS IN
NON SO NEMMENO PERCHÉ! CERCO DI SCOPRIRE LA RAGIONE, MA NON CI RIESCO... HO SOLO PAURA...
CI PENSO IN CONTINUAZIONE... HO VERAMENTE PAURA...
THE DOCTOR
NON SEI DIVERSA DA TUTTI GLI ALTRI... CINQUE CENTS, PREGO!
IS IN
SCHULZ

VOGLIO PARLARTI, CHARLIE BROWN...
COME PSICHIATRA CURANTE DI TUA SORELLA, DEVO DARE LA COLPA DELLE SUE PAURE A TE!
A ME?
OGNI GENERAZIONE DEVE POTER INCOLPARE LA GENERAZIONE PRECEDENTE PER I SUOI PROBLEMI...
NON RISOLVE NIENTE, MA CI FA SENTIRE TUTTI MEGLIO!
SCHULZ

BEH, SALLY, QUESTO È IL PRIMO GIORNO DI SCUOLA...
FRA POCO CI SIAMO... ANCORA UN PO' DI STRADA DA FARE...
ECCOLA... QUELLA È LA TUA SCUOLA...
AAUGH!
SCHULZ

...E ABBIAMO CANTATO, E ABBIAMO DISEGNATO...
E ABBIAMO ASCOLTATO DELLE STORIE, E ABBIAMO PITTURATO COI GESSETTI, E CI SIAMO RIPOSATI, E ABBIAMO FATTO MERENDA E ABBIAMO GIOCATO...
OH, CI SIAMO DIVERTITI DA PAZZI!
PENSO CHE OGNI BAMBINO DOVREBBE ANDARE ALL'ASILO!

CERTI BAMBINI NON SANNO QUELLO CHE VOGLIONO!
SE UN BAMBINO E' RILUTTANTE A ANDARE ALL'ASILO, I GENITORI NON DOVREBBERO STARE A PERDER TEMPO... **BUTTARLO** FUORI! **FARCELO** ANDARE!
E' RIDICOLO CHE UN BAMBINO ABBIA PAURA DELL'ASILO! COMUNQUE CREDO CHE I BAMBINI SIANO TROPPO VIZIATI DI QUESTI TEMPI...
NON STATE A COCCOLARLI! QUESTO E' IL MIO MOTTO! **BUTTATELI FUORI**!
SIGH
SCHULZ

SMETTILA DI SOGGHIGNARE!
SCHULZ

È UN BELL'ALBE-RELLO, VERO?
SÌ, LO È...
È UN PECCATO CHE NOI NON CI SAREMO A VEDERLO QUANDO SA-RÀ CRESCIUTO COMPLETAMENTE
PERCHÉ? DOVE ANDIAMO?
SCHULZ

SENTO CHE HAI DEI FASTIDI CON LA LETTURA A SCUOLA, CHARLIE BROWN...
SÌ, MI SONO CHIE-STO SE NON ABBIA BISOGNO DEGLI OCCHIALI...
NON CREDO...
IL MIO OCULISTA DICE CHE LA CAU-SA DI UNA LETTURA LENTA È DI RADO LA VISTA... TU PROBABILMENTE HAI UNA "PREVALENZA CEREBRALE MISTA"
QUESTA È LA COSA PIÙ BELLA CHE MI ABBIANO MAI DETTO!
SCHULZ

TU DICI CHE IL FATTO CHE LEGGO LENTAMENTE NON E' PROVOCATO DALLA VISTA?
PROBABILMENTE NO...
LA LENTEZZA NELLA LETTURA NEI BAMBINI E' SPESSO IL RISULTATO DI UNA "PREVALENZA CEREBRALE MISTA"...UNA PERSONA E' MANCINA PERCHE' IL LATO DESTRO DEL SUO CERVELLO E' DOMINANTE...
ORA, SE TU SEI AMBIDESTRO O TI HANNO COSTRETTO A SCRIVERE CON LA MANO SBAGLIATA, CIO' PUO' PRODURRE UNA "PREVALENZA CEREBRALE MISTA"...
SE QUESTO E' VERO, POSSIAMO DEPENNARE LA VISTA DIFETTOSA COME CAUSA DELLA TUA LETTURA LENTA...
HAI DEPENNATO LA STUPIDITA'?

HO L'IMPRESSIONE CHE UN ALTRO COLORE NON AVREBBE FUNZIONATO AFFATTO...
CI HO PENSATO PARECCHIO ULTIMAMENTE, E MI SONO CONVINTA CHE FARE IL CIELO AZZURRO E' STATA UNA BUONA IDEA...
CI FA PIACERE CHE APPROVI!

NIENTE MI RENDE PIU' FURIOSO CHE SPRECARE UN BUON TAGLIO DI CAPELLI!
SABATO SCORSO MI SONO FATTO TAGLIARE I CAPELLI PER ESSERE A POSTO LUNEDI' MATTINA A SCUOLA..
POI, DOMENICA MI SONO AMMALATO E NON HO POTUTO ANDARE A SCUOLA PER TRE GIORNI...
HO SPRECATO UN TAGLIO DI CAPELLI!
SCHULZ

VEDO CHE MIA MADRE MI HA MESSO DI NUOVO UN BIGLIETTO NELLA COLAZIONE...
"CARO FIGLIO, QUESTO E' UN AUGURIO PER I TUOI STUDI OGGI... TUO PADRE E IO TI AMIAMO MOLTO..."
"LAVORIAMO E FACCIAMO SACRIFICI PERCHE' TU POSSA AVERE UN'ISTRUZIONE... STUDIA CON IMPEGNO... RENDICI FIERI... CON AMORE, MAMMA"
WAAH!
SANTO CIELO!
SCHULZ

UN ALTRO BIGLIETTO DI TUA MADRE?
SÌ, LE PIACE METTERMELI DENTRO CON LA COLAZIONE
"CARO FIGLIO, STUDI CON IMPEGNO OGGI? HAI UTILIZZATO BENE LE ORE DEL MATTINO?
TUO PADRE E IO VOGLIAMO SOLO IL MEGLIO PER TE, MA ANCHE TU DEVI FARE LA TUA PARTE... NON DELUDERCI.. SII DILIGENTE... CON AMORE, MAMMA"
MI CHIEDEVO SEMPRE PERCHÉ TI TRASCINI DIETRO QUELLA COPERTA, MA ADESSO CREDO DI SAPERLO!
SCHULZ

PARTECIPI MOLTO ALLA VITA DELL'ASILO, SALLY?
CERCO DI NO... MI TENGO UN PO' INDIETRO...
PER ESEMPIO, IERI LA MAESTRA VOLEVA CHE TUTTI ANDASSIMO ALLA LAVAGNA A DISEGNARE, MA IO NE HO FATTO A MENO...
LE HO DETTO CHE PER ME ERA TROPPO FATICOSO PER VIA DELLA BORSITE!
SCHULZ

UN MOMENTO! STAI FERMO LI`!
DI': "OH, CARA SORELLA DAL DOLCE VISO E DALLO SPLENDIDO SORRISO, POSSO AVERE UN TORTELLO?"
OH, CARA SORELLA DAL DOLCE VISO E DALLO SPLENDIDO SORRISO, POSSO AVERE UN TORTELLO?
PER I TORTELLI POTREI DIRE QUALUNQUE SCONCEZZA!!
SCHULZ

LARGO! FATE LARGO PER BENE!!
PROVATE A INTERVENIRE SU UNA PALLA COSI`!
SCHULZ

UN'ALTRA PARTITA PERSA !! MISERICORDIA !
SONO STUFO DI PERDERE... QUALSIASI COSA FACCIA, PERDO !
VEDILA COSI', CHARLIE BROWN... SI IMPARA DI PIU' DALLE SCONFITTE CHE DALLE VITTORIE
CIO' FA DI ME LA PERSONA PIU' COLTA DEL MONDO !!
SCHULZ

VEDO CHE IL COMPLEANNO DI BEETHOVEN QUEST'ANNO VIENE DI DOMENICA...
L'ANNO SCORSO IL SUO COMPLEANNO CADEVA DI SABATO...
L'ANNO PROSSIMO INVECE SARA' UN LUNEDI'...
ACCIDENTI, CHE TIPO ORIGINALE !
SCHULZ

SENTI, COME VUOI CHE FACCIA A ESERCITARMI CON TE CHE MI STAI SEMPRE ATTORNO?
MI DISPIACE...NON LO SAPEVO... SCUSAMI...
VADO VIA E TI LASCIO IN PACE... CAPISCO PERFETTAMENTE IL TUO PROBLEMA...
E' DIFFICILE CONCENTRARSI IN PRESENZA DI UNA FACCIA CARINA!
SCHULZ

"QUESTA E' LA CHIESA...
QUESTO E' IL CAMPANILE...DELLA PORTA SCHIUDI IL BATTENTE...
...E DENTRO C'E' TUTTA LA GENTE!"
HA L'ARIA DI UNA PARROCCHIA NON TANTO POPOLOSA!
SCHULZ

FANTASTICO!
SENTI QUESTA...
SE TUTTI I PICCOLI DI UNA MOSCA VIVESSERO, QUELLA MOSCA AVREBBE SEICENTOVENTICINQUE-MILA NIPOTI!
SAREBBERO UN BEL PO' DI COMPLEANNI DA TENERE A MENTE!
SCHULZ

MANCANO SOLO 41 GIORNI ALL'ANNIVERSARIO DI BEETHOVEN!
OPPURE LO SAPEVATE GIA`?
SCHULZ

GUARDA, CHARLIE BROWN... HO AVUTO UNA MAZZA NUOVA IN REGALO PER IL MIO COMPLEANNO!
NON VEDO L'ORA CHE COMINCI LA STAGIONE PER PROVARLA!
CHE NOME DI CAMPIONE C'E' SU... MICKEY MANTLE? WILLIE MAYS?
DEV'ESSERE UN MODELLO PER RAGAZZE...
C'E' SCRITTO "RACHEL CARSON"
SCHULZ

HO PRESO UN 10 SULLA PAGELLA!
GUARDA, HO PRESO UN 10... VEDI? PROPRIO LI`! HO PRESO UN 10!
NON HAI PRESO UN 10... E' UNO SVOLAZZO NELLA FIRMA DEL PRESIDE!
DIAVOLO! CREDEVO DI AVER PRESO UN 10!
SCHULZ

IERI SERA PAPA' E IO ABBIAMO FATTO UNA GRAN DISCUSSIONE TEOLOGICA...
LUI STAVA GUARDANDO LA MIA PAGELLA E SI CHIEDEVA COME MAI IO SIA L'UNICO NELLA MIA CLASSE A NON AVERE 10 IN ORTOGRAFIA...
IO HO DETTO: "NON E' MERAVIGLIOSO COME CIASCUNO DI NOI SU QUESTA TERRA SIA STATO CREATO UN POCHINO DIVERSO?"
E' STATO ALLORA CHE ABBIAMO COMINCIATO LA DISCUSSIONE TEOLOGICA...
SCHULZ

NON POSSO VENIR FUORI A GIOCARE PER UNA SETTIMANA, CHARLIE BROWN...
PAPA' HA DETTO CHE LA MIA PAGELLA ERA COSI' SCARSA CHE DEVO STARE IN CASA...
OH... E COSA FAI, STUDI?
NO, GUARDO LA TV!
SCHULZ

QUEST'ANNO L'ANNIVERSARIO DI BEETHOVEN VIENE DI DOMENICA!
NON E' UNA NOTIZIA EMOZIO-NANTE?
SCHULZ

SEI INVIDIOSA DI ME, PATTY, PERCHÉ HO I RICCIOLI NATURALI?
NO, CERCO DI NON ESSERE INVIDIOSA DI NESSUNO... L'INVIDIA È UN DIFETTO CHE PUÒ ROVINARE ANCHE UNA BELLA PERSONALITÀ...
DIAVOLO!
SCHULZ

SEI INVIDIOSA DEI MIEI RICCIOLI NATURALI, VIOLET ?
PROPRIO NO... CI SONO AL MONDO COSE PIÙ IMPORTANTI DI CUI PREOCCUPARSI...
SONO CONTENTA PER TE, NATURALMENTE, MA SONO ANCHE SODDISFATTISSIMA DELLA MIA SEMPLICE CODA DI CAVALLO...
CHE GUSTO C'È A AVERE RICCIOLI NATURALI SE NESSUNO È INVIDIOSO ?!
SCHULZ

CARO GRANDE COCOMERO, ATTENDO CON ANSIA IL TUO ARRIVO LA NOTTE DI HALLOWEEN.
SPERO CHE MI PORTERAI UN SACCO DI REGALI.
TUTTI MI DICONO CHE SEI UN IMBROGLIO, MA IO CREDO IN TE.
SINCERAMENTE, LINUS VAN PELT
P.S. SE SEI DAVVERO UN IMBROGLIO, NON DIRMELO. NON LO VOGLIO SAPERE.
SCHULZ

QUESTO E` IL PERIODO PER SCRIVERE AL GRANDE COCOMERO
LA NOTTE DI HALLOWEEN EGLI SORGE DALL'ORTO DEI COCOMERI E VOLA PER L'AERE CON LA SUA SACCA DI DONI PER TUTTI I BIMBI!
GLI STO SCRIVENDO ADESSO... VUOI CHE METTA UNA BUONA PAROLA PER TE, CHARLIE BROWN?
NON SI SA MAI... TUTTA L'INFLUENZA CHE RIESCO A OTTENERE NELLE ALTE SFERE PUO` ESSERMI UTILE!
SCHULZ

HO PENSATO UNA COSA...
PERCHÉ NON POTREI TIRARE UNA LETTERA CIRCOLARE AL CICLOSTILE E MANDARE LA STESSA LETTERA AL GRANDE COCOMERO, A BABBO NATALE E AL CONIGLIO PASQUALE?
NON CREDO CHE NOTEREBBERO MAI LA DIFFERENZA... DEL GRANDE COCOMERO SONO **SICURO**... E` TALMENTE INGENUO...
VORREI CHE NON ME L'AVESSI DETTO... SONO DELUSO...
SCHULZ

VUOI DIRE CHE MANDI LA STESSA LETTERA CIRCOLARE AL GRANDE COCOMERO, A BABBO NATALE E AL CONIGLIO PASQUALE?
PERCHÉ NO? QUELLA GENTE RICEVE TANTA POSTA CHE NON PUÒ ASSOLUTAMENTE NOTARE LE DIFFERENZE...
SCOMMETTO CHE NON LEGGONO NEMMENO LORO LE LETTERE! COME FAREBBERO?
IL TUO GUAIO, CHARLIE BROWN, É CHE NON CAPISCI COME FUNZIONANO QUESTE GROSSE ORGANIZZAZIONI!
SCHULZ

CARO GRANDE COCOMERO, ORMAI MANCANO SOLO POCHI GIORNI A HALLOWEEN.
I BAMBINI DI TUTTO IL MONDO ASPETTANO LA TUA VENUTA.
IO NON ASPETTO LA SUA VENUTA... IO CREDO CHE SIA UN IMBROGLIO!
SONO CONTENTO CHE TU NON ABBIA SENTITO.
SCHULZ

CARO GRANDE COCOMERO, QUESTA SARÀ LA MIA ULTIMA LETTERA A TE PRIMA DI HALLOWEEN.
QUANDO SORGI DALL'ORTO DEI COCOMERI QUELLA NOTTE, RICORDATI, TI PREGO, CHE IO SONO IL TUO PIÚ FEDELE SEGUACE.
FAI BUON VIAGGIO.
NON DIMENTICARTI L'ASSICURAZIONE SUL VOLO.
SCHULZ

E LA NOTTE DI HALLOWEEN IL GRANDE COCOMERO SORGE DALL'ORTO DEI COCOMERI...
POI VOLA PER L'AERE A RECAR DONI A TUTTI I BIMBI BUONI IN OGNI LUOGO!
E' PROPRIO UNA BELLA STORIA...
LA METTO SOLO LEGGERMENTE AL DI SOTTO DI QUELLA DELLE RENNE VOLANTI!
SCHULZ

TU NON **CREDI** ALLA STORIA DEL GRANDE COCOMERO ?
SONO DELUSO! CREDEVO CHE LE BAMBINE PICCOLE CREDESSERO SEMPRE A TUTTO CIO' CHE SI RACCONTA LORO
CREDEVO CHE LE BAMBINE PICCOLE FOSSERO INNOCENTI E FIDUCIOSE...
BENVENUTO NEL 1967 !
SCHULZ

D'ACCORDO, SALLY... TU VUOI LE PROVE... LE AVRAI...
10-31
STAREMO SEDUTI QUI NELL'ORTO DEI COCOMERI E TU VEDRAI IL GRANDE COCOMERO COI TUOI STESSI OCCHI !
SE CERCHI DI ACCAREZZARMI LA MANO, TI STENDO !!
SCHULZ

HALLOWEEN E` PASSATO !! E IO L'HO PERSO !!!
DEFICIENTE, MI HAI TENUTA SU TUTTA LA NOTTE A ASPETTARE IL GRANDE COCOMERO E LUI NON E` VENUTO !
NON HO POTUTO ANDARE IN GIRO A FARE "O LA BORSA O LA VITA"! TUTTA COLPA TUA !
TI FACCIO CAUSA !!
SCHULZ

SONO STATA DERUBATA!
HO PASSATO TUTTA LA NOTTE A ASPETTARE IL GRANDE COCOMERO QUANDO AVREI POTUTO ESSERE IN GIRO A FARE "O LA BORSA O LA VITA"
HAI SENTITO CITARE LA FURIA DI UNA DONNA DISPREZZATA, NO ?
SI`, MI PARE DI SI`....
BEH, NON E` NIENTE IN CONFRONTO ALLA FURIA DI UNA DONNA DEFRAUDATA DEL SUO "O LA BORSA O LA VITA" !
SCHULZ

CHE CRETI-NA SONO STATA!
AVREI POTUTO AVERE DOLCI E MELE E GOMMA E BISCOTTI E SOLDI E OGNI SORTA DI COSE, INVECE **NO!** DOVEVO DAR RETTA A TE! CHE CRETINA SONO STATA!
"O LA BORSA O LA VITA" CAPITA SOLO UNA VOLTA ALL'ANNO, E IO LO PERDO PER STARE SEDUTA IN UN ORTO DI COCOMERI CON UN DEFICIENTE!
MI DEVI RISARCIRE I DANNI!!!
SCHULZ

NON STAI LANCIANDO BENE, CHARLIE BROWN...
TUTTE LE VOLTE CHE GLI ALTRI BATTONO LA PALLA VERSO DI NOI, E CERCHIAMO DI PRENDERLA, LA PALLA CI STORTA LE MANI!
CERCA DI LANCIARE IN MODO CHE LA PALLA NON CI STORTI LE MANI!
HO UN INTERNO MOLTO DIFFICILE!
SCHULZ

CONTINUI A NON LANCIARE BENE, CHARLIE BROWN...
MANDI ANCORA LA PALLA IN MODO CHE, QUANDO GLI ALTRI LA RIBATTONO, CI STORTA LE MANI
ALLA LUNGA PUÒ ESSERE MOLTO SECCANTE!
SCHULZ

SI CAPISCE PERCHÉ VUOI FARE IL PITCHER, CHARLIE BROWN... FÀ FRESCO QUASSÙ SULLA PEDANA DEL PITCHER!
DOVRESTI SENTIRE CHE CALDO FA LAGGIÙ A CENTRO CAMPO... NON C'È UN FILO D'ARIA...
HEY, RAGAZZE, VENITE SU! SENTITE CHE ARIETTA FRESCA!
MMMMMMMMMMMMMMMMM
SCHULZ

TERZA PALLA!
QUESTA MAZZA NON VA BENE! E' TROPPO LEGGERA! E ANCHE LA PALLA NON VALE NIENTE!
COME SI FA A BATTERE CON TUTTO QUESTO SOLE? IO BATTO MEGLIO QUANDO E' COPERTO! E POI QUI C'E' TROPPA POLVERE!
NON POSSO BATTERE BENE QUANDO C'E' VENTO! HO UNA MAZZA TROPPO CORTA! OGGI E' DIFFICILE VEDERE LA PALLA! NON SI PUO' COLPIRE LA PALLA CON UNA MAZZA TROPPO SOTTILE! TROVO CHE IL LORO PITCHER SIA...
MAMMA MIA!
SCHULZ

CERTO CHE PER TE E' DOLCE LA VITA!
NON HAI NIENTE DA FARE, NO? SOLO MANGIARE E DORMIRE!
COME SAREBBE IL MONDO SE TUTTI NON FACESSERO CHE MANGIARE E DORMIRE?
SAREBBERO TUTTI GRASSI E BEN RIPOSATI!
SCHULZ

IL BOWLING! STA SEMPRE A RACCONTARE QUANTO È BRAVO SUO PADRE AL BOWLING!
ADESSO DICE CHE LO FARANNO PERFINO VEDERE IN TELEVISIONE
BEH, NON È ESATTAMENTE VERO... LUI NON È COSÌ BRAVO...
IN EFFETTI, LO FARANNO GIOCARE ALLA **RADIO**!
SCHULZ

NON TI PARLO! DOPO QUELLO CHE È SUCCESSO LA NOTTE DI HALLOWEEN, NON TI PARLERÒ MAI PIÙ!
NON TI PARLEREI NEMMENO SE TI INCONTRASSI IN STRADA, NELL'OCEANO, PER ARIA O SULLA LUNA!
E SE MI INCONTRASSI SUL PONTE DI WATERLOO?!
SCHULZ

TUA SORELLA NON MI PARLA, CHARLIE BROWN...
PUOI DIRLO! PER CAUSA SUA NON SONO ANDATA IN GIRO LA NOTTE DI HALLOWEEN A FARE "O LA BORSA O LA VITA"! NON GLI PARLERÒ MAI PIÙ FINCHÉ VIVO!
LA MIA VITA È DISTRUTTA...
DAVVERO?!!
SCHULZ

A VOLTE MI SENTO SCORAGGIATA
BEH, LUCY, LA VITA HA PER FORZA I SUOI ALTI E BASSI...
MA PERCHÉ? PERCHÉ PER FORZA?! PERCHÉ LA MIA VITA NON PUÒ ESSERE TUTTA "ALTI"? SE IO VOGLIO TUTTI "ALTI", PERCHÉ NON POSSO AVERLI?
PERCHÉ NON POSSO PASSARE DA UN "ALTO" A UN ALTRO "ALTO"? ANDARE DA UN "ALTO" A UN "ALTO-PIÙ-ALTO"?
NON VOGLIO "BASSI"! VOGLIO SOLO "ALTI" E "ALTI" E "ALTI"!
NON LO SOPPORTO...
SCHULZ

ECCO UNA COSA ALLA QUALE PENSO MOLTO SPESSO...
IO SIEDO IN TRIBUNA ALLA PARTITA... E IMPROVVISAMENTE UNA PALLA TESA E' BATTUTA VERSO DI ME...TUTTI SI CHINANO, MA IO ALZO LA MANO E FACCIO UNA GRAN PRESA!
L'ALLENATORE DELLA SQUADRA DI CASA MI VEDE E GRIDA: "INGAGGIATE QUEL RAGAZZO!"
HAI MAI SENTITO DI QUALCUN ALTRO CHE ABBIA QUESTO SOGNO?
SOLO TRENTA BILIONI CIRCA DI ALTRI RAGAZZI!
SCHULZ

MANCANO SOLO 20 GIORNI ALL'ANNIVERSARIO DI BEETHOVEN
SE LO TENESTE PRESENTE DA VOI, NON CI TOCCHEREBBE FARE COSÌ!
SCHULZ

CARO AMICO DI MATITA, MI DISPIACE DI NON AVERTI PIU` SCRITTO.
PARE CHE IO STIA SEMPRE A SCUSARMI, VERO ?
BEH, MI DISPIACE DI NON AVERTI SCRITTO PRIMA. CREDO DI ESSERE UN CORRISPONDENTE SCARSO.
SCHULZ
TI PREGO DI PERDONARMI SE NON TI HO SCRITTO. COME STAI ? TUO CHARLIE BROWN

SONO NAUSEATO E STANCO DI TUTTO !
HO PERSO INTERESSE IN TUTTO !
TUTTO ?
TUTTO !
ANCHE NELLE FACCE CARINE?
SCHULZ

TU HAI BISOGNO DI UNA VISUALE NUOVA, CHARLIE BROWN...
PROVA A CONSIDERARE LA TUA VITA COME SE FOSSE UN LIBRO, E OGNI GIORNO UNA PAGINA DI QUEL LIBRO...
CI HO PROVATO...
C'ERANO TROPPI ERRORI DI STAMPA!
SCHULZ

MANCANO SOLO 18 GIORNI ALL'ANNIVERSARIO DI BEETHOVEN
A CHI IMPORTA?
A NOI!
SCHULZ

QUANDO SCRIVI "JANE VIDE IL CAVALLO", USI UNA PALLINA O UN UNCINO?
UNA PALLINA
GRAZIE
A PROPOSITO, SI CHIAMANO PUNTI "FERMI" E "INTERROGATIVI"
SCHULZ

PER QUELLI DI NOI CHE CAPISCONO QUALCOSA, LA DANZA E' L'UNICA PURA FORMA D'ARTE!
SCHULZ

SEI SEMPRE COSÌ SCORBUTICA CHE HAI DISIMPARATO A SORRIDERE !
CHI NON SA PIÙ SORRIDERE?
TU ! VEDIAMO COME SORRIDI ! SCOMMETTO CHE NON CI RIESCI !
ECCO! VEDI ? UN SORRISO VA IN SU, NON IN GIÙ ! NON SAI PIÙ SORRIDERE ! VEDI ?!
CHE VERGOGNA !
SCHULZ

ECCO I TUOI PASTELLI... GRAZIE PER AVERMELI PRESTATI !
È DIFFICILE ARRABBIARSI CON UNA CHE TI RESTITUISCE LE COSE COSÌ PRONTAMENTE...
SCHULZ

HAI STRAPPATO IL MIO DISEGNO DI UN CAVALLO !
L'HO STRAPPATO PERCHÉ NON AVE-VA NESSUN VALORE ARTISTICO
NESSUN VALORE ARTISTICO? CI HO MESSO TRE QUARTI D'ORA A DISEGNARE QUEL CAVALLO
UNA VERA OPERA D'ARTE RICHIEDE ALMENO UN'ORA !
SCHULZ

TU NON MI CREDI, VERO?
BEH, E` UN DATO SCIENTIFICO CHE LE RAGAZZE SONO PIU` FURBE DEI RAGAZZI !
E SAI CHI L'HA SCOPERTO?
SCIENZIATI FEMMINA!
OH, SANTO CIELO!
SCHULZ

DI' ALLA MAMMA CHE NON CREDO CHE OGGI ANDRO' A SCUOLA...DILLE CHE SONO EMOTIVAMENTE ESAURITO...
DICE DI VENIR FUORI DAL LETTO IMMEDIATAMENTE !
HAI TENTATO !
SCHULZ

MANCANO SOLO 12 GIORNI ALL'ANNIVERSARIO DI BEETHOVEN !
QUESTI AVVISI SONO A SPESE DEL "COMITATO CIVICO PRO BEETHOVEN"
SCHULZ

MISS OTHMAR SI RITIRA DALL'INSEGNAMENTO...
HA DETTO CHE E' ORA CHE COMINCI A TIRAR SU UNA FAMIGLIA TUTTA SUA...
LE HO CHIESTO SE CONSIDERAVA CIO' UN PASSO AVANTI O UN PASSO INDIETRO, MA IN QUEL MOMENTO E' SUONATA LA CAMPANA E NON HO AVUTO RISPOSTA
SAREBBE UN BUON ARGOMENTO PER UNA TAVOLA ROTONDA
SCHULZ

CARO BABBO NATALE, SO CHE SEI UN UOMO OCCUPATO.
NON VOGLIO CHE TU PERDA TEMPO A PENSARE QUALI GIOCATTOLI POTREI DESIDERARE.
FAI PURE UNA COSA SEMPLICE. QUEST'ANNO PORTAMI SOLDI.
PREFERIBILMENTE BANCONOTE DA DIECI E DA VENTI.
SCHULZ

FORSE PUOI AIUTARMI, LINUS...
QUANDO SCRIVI UNA LETTERA A BABBO NATALE, DOVE LA MANDI ?
AL POLO NORD... DOVE, SE NO ?
BEH, PENSAVO CHE IN QUESTA STAGIONE POTESSE ESSERSI TRA-SFERITO IN UN CLIMA PIU' CALDO
SCHULZ

!
NON SONO VENUTO AL MONDO PER FARE IL TRAMPOLINO !
SCHULZ

TU DICI CHE ATTERRERA` IN CIMA AL TETTO ?
CON UNA SLITTA CARICA E OTTO RENNE ?
MAH, NON SAPREI...
HO L'IMPRESSIONE CHE PREFERIREBBE AVERE UNA PISTA DI ATTERRAGGIO PIU` LUNGA!
SCHULZ

CARO NONNO, HO APPREZZATO L'AEROPLANO CHE MI HAI MANDATO E
OH, DIAVOLO!
COSA TI SUCCEDE ?
ODIO SCRIVERE LETTERE DI RINGRAZIAMENTO PER GIOCATTOLI CHE HO GIA` ROTTO!
SCHULZ

GRAZIE PER LA CHRISTMAS CARD CHE MI HAI MAN-DATO, LUCY
NON TI HO MANDATO NESSUNA CHRISTMAS CARD, CHARLIE BROWN
NON RICONOSCI UN SARCA-SMO QUANDO LO SENTI ?!
SCHULZ

MI HAI TIRATO TU QUESTA PALLA DI NEVE ?
OH, NON CREDO... NON SEMBRA DEL TIPO CHE FACCIO IO... DI SOLITO LE FACCIO PIU' PRESSA-TE PER ASSICURARE UNA DIREZIONE DI VOLO PRECISA...
TENDO ANCHE A FARLE UN PO' PIU' PICCOLE DI COSI', E CERCO DI USARE NEVE DI CONSISTENZA MIGLIORE... QUESTA NEVE NON SEMBRA...
FORSE HA AVUTO L'IM-PRESSIONE CHE LA PREN-DESSI IN GIRO!
SCHULZ

SONO IL MIGLIORE DELLA CLASSE IN ORTOGRAFIA
NON C'E' NESSUNO CHE SI AVVICINI NEMMENO ALLA MIA BRAVURA IN ORTOGRAFIA
DA GRANDE FARO' DELL'ORTOGRAFIA LA MIA PROFESSIONE!
SCHULZ

SNOOPY HA MAL DI TESTA...
PROBABILMENTE HA PRESO UN COLPO D'ARIA...
CIO' SEMBRA PLAUSIBILE
HO SEMPRE CREDUTO CHE IL MAL DI TESTA DIPENDESSE DALLE ORECCHIE TROPPO STRETTE!
SCHULZ

COSÌ QUESTO È L'ULTIMO GIORNO DELL'ANNO...
UN ALTRO ANNO INTERO È PASSATO, E COSA HO CONCLUSO IO QUEST'ANNO RISPETTO A TUTTI GLI ALTRI ANNI ?
NIENTE !!
SI PUÒ ESSERE PIÙ COERENTI ?
SCHULZ

GLI ANNI PASSANO TROPPO VELOCI...
C'È PIÙ GENTE AL MONDO DI QUANTA CE NE SIA MAI STATA, MA C'È MENO TEMPO PER FARE LE COSE...
CI SERVONO ANNI PIÙ GRANDI !
SCHULZ

SAI COSA COSTRUIRÒ PER TE ? UN IGLOO !
CREDO CHE SIA PROPRIO QUELLO CHE TI CI VUOLE PER I FREDDI MESI INVERNALI...
ECCOTI SERVITO, VECCHIO AMICO... PROVALO !
NON SONO PROPRIO SICURO DI VEDERE IL VANTAGGIO...
SCHULZ

L'UNICO MODO DI SCONFIGGERE IL FREDDO È IBERNARSI...
ADESSO MI SISTEMERÒ QUI NELLA MIA TANA E NON USCIRÒ FINCHÉ NON SIA...
ORA DI CENA !
SCHULZ

NON VADO A SCUOLA OGGI... LA MAMMA HA DETTO CHE POSSO STARE A CASA...
HO MAL DI TESTA
SE CI FOSSERO DEI PROGRESSI NELL'ISTRUZIONE PRIMARIA, FAMMELO SAPERE...
SI PUO' ESSERE PIU' POMPOSI ?

HAI PORTATO IL BIGLIETTO?
INTENDI LA GIUSTIFICAZIONE PER ESSERE STATO ASSENTE DA SCUOLA PERCHÉ ERO AMMALATO ?
SÌ, DEVI PORTARLA, ALTRIMENTI LA SCUOLA NON PUÒ RISCUOTERE IL CONTRIBUTO STATALE
SERVE A QUESTO LA GIUSTIFICAZIONE ? SONO DELUSO...
CREDEVO CHE GLI INTERESSASSE SAPERE SE STO MEGLIO O NO !

OH, NO!
OH, SI'!
LA NOSTRA NONNA "ODIATRICE DI COPERTE" VIENE A TROVARCI...CERCA SEMPRE DI COSTRINGERE LINUS A RINUNCIARE ALLA SUA COPERTA
CREDE CHE I BAMBINI DEBBANO ESSERE EDUCATI ALL'AUTO-RIFIUTO... CREDE NELLA DISCIPLINA... CREDE NELLA FIBRA MORALE...
CREDE NEL FICCARE IL NASO NEGLI AFFARI ALTRUI !!!
SCHULZ

COSA FARO', CHARLIE BROWN?
LA MIA NONNA "ODIATRICE DI COPERTE" VIENE A TROVARCI... MI SARA' SUBITO ADDOSSO PER QUESTA COPERTA... MI DARA' UNA CACCIA SPIETATA...
DICE CHE HA ALLEVATO CINQUE FIGLI SUOI, CHE LORO NON AVEVANO COPERTE E CHE NEANCHE NESSUNO DEI SUOI NIPOTI DEVE AVERE UNA COPERTA!
FORSE SI E' CALMATA DALL'ULTIMA VOLTA CHE E' STATA QUI...
FORSE LA LUNA CASCHERA' GIU' DAL CIELO!
SCHULZ

BEH, LA NONNA "ODIATRICE DI COPERTE" SARÀ QUI LUNEDÌ
NON PUOI NASCONDERE LA COPERTA PRIMA CHE ARRIVI?
NO, DEVO LASCIARE CHE ME LA PORTI VIA...
LE DARÀ LA SENSAZIONE DI AVERE CONCLUSO QUALCOSA
HA BISOGNO DI COMPRENSIONE
SCHULZ

È ACCADUTO, CHARLIE BROWN! È ACCADUTO PROPRIO COME AVEVO PREVISTO!
LA NONNA "ODIATRICE DI COPERTE" È ARRIVATA OGGI! NON ERA ANCORA ENTRATA IN CASA CHE MI HA PORTATO VIA LA COPERTA!
MI HA DATO UN DOLLARO IN CAMBIO, MA AVRÒ UN'ARIA TERRIBILMENTE STUPIDA MENTRE MI SUCCHIO IL POLLICE CON IN MANO UN DOLLARO...
SÌ, CREDO DI SÌ...
E NON MI SENTO NEMMENO TANTO SICURO!
SCHULZ

QUANDO QUALCUNO PORTA VIA A UN BAMBINO LA SUA COPERTA DI SICUREZZA, NON SA VERAMENTE COSA FA...
HO DIFFICOLTA' A RESPIRARE... MI SENTO TUTTO SOFFOCATO...CREDO CHE MI INFLUISCA ANCHE SULLA...
BUMP!
VISTA!
SCHULZ

TUA NONNA TI HA RESTITUITO LA COPERTA?
NO, QUESTO È UNO STROFINACCIO...
FUNZIONA ABBASTANZA BENE, ANCHE SE EFFETTIVAMENTE HA I SUOI...
...INCONVENIENTI!
SCHULZ

FORSE PARLO TROPPO...
MIA MADRE CE L'HA CON ME... MIA NONNA CE L'HA CON ME... TUTTI CE L'HANNO CON ME...
IERI LA NONNA HA BEVUTO TRENTADUE TAZZE DI CAFFE`... NON AVREI DOVUTO DIRE NIENTE...
HO INSINUATO CHE FORSE LE SUE TRENTADUE TAZZE DI CAFFE` NON ERANO UNA NECESSITA` MOLTO DIVERSA DAL MIO BISOGNO DI UNA COPERTA...
NON HA APPREZZATO IL RAFFRONTO...

NONNA... VOGLIO SCUSARMI...
VOGLIO SCUSARMI PER CIO` CHE HO DETTO SULLE TUE TRENTADUE TAZZE DI CAFFE`.......................
TI VOGLIO SEMPRE BENE, NONNA...

CI SI SENTE SOLI QUA SULLA PEDANA DEL PITCHER...
A VOLTE E' DURO SOPPORTARE TUTTA QUESTA RESPONSABILITA'...
MA A UN TRATTO TI PARE DI SCOPRIRE CHE NON SEI VERAMENTE SOLO... IN REALTA' SEI CONTORNATO DA FEDELI COMPAGNI DI SQUADRA
SU, DEFICIENTE, CERCA DI FARE UN LANCIO POSSIBILE!
SCHULZ

DÀI, CHARLIE BROWN, FAGLI VEDERE COME LANCI!
PUOI FARCELA, CHARLIE BROWN! MOSTRAGLI LA TUA STOFFA! SEI UN GIOCATORE MIGLIORE DI LUI, CHARLIE BROWN!
SPIAZZALO COMPLETAMENTE, CHARLIE BROWN... PUOI FARCELA! SAPPIAMO CHE PUOI FARCELA!
SANTO CIELO, CHE IPOCRITA SONO!
SCHULZ

NON SO COSA FARE, CHARLIE BROWN...
NON POSSO STAR LA' A URLARE: "DAI, CHARLIE BROWN, PUOI FARLO FUORI!" QUANDO SO CHE IN REALTA' NON PUOI... PIU' CI PENSO E PIU' LA COSA MI PREOCCUPA...
E' UNA SPECIE DI PROBLEMA DI COSCIENZA
NON SAPEVO CHE IL BASEBALL FOSSE COSI' ETICO!
SCHULZ

DAI, CHARLIE BROWN, FALLO FUORI! SAPPIAMO CHE PUOI FARCELA!
COME PUOI DIRE COSI'? NOI SAPPIAMO CHE **NON** PUO' FARCELA! PARLI DA IPOCRITA!
DAI, CHARLIE BROWN, FALLO FUORI! NOI CREDIAMO CHE FORSE PUOI FARCELA!!
SCHULZ

PENSO CHE LINUS ABBIA RAGIONE, CHARLIE BROWN...
NON POSSIAMO STAR LÀ IN CAMPO A URLARE: "DAI, CHARLIE BROWN, PUOI FARCELA!" QUANDO SAPPIAMO CHE IN REALTÀ **NON** PUOI!
CI STAI TRASFORMANDO TUTTI IN IPOCRITI!
IL BASEBALL DOVREBBE **FORMARE** IL CARATTERE, NON ANNULLARLO!
SCHULZ

DAI, CHARLIE BROWN, NON CI ASPETTIAMO MOLTO IN VERITÀ, MA POSSIAMO SPERARE!
FAGLI VEDERE COME LANCI, CHARLIE BROWN! LUI BATTERÀ PROBABILMENTE UN HOME RUN, MA FAGLI VEDERE LO STESSO!
DAI, CHARLIE BROWN! SAPPIAMO CHE VALI POCO, MA SIAMO COMUNQUE TUTTI CON TE... INSOMMA...
UN SACCO DI CHIACCHIERE IN CAMPO È DI GRANDE ISPIRAZIONE PER UN PITCHER!
SCHULZ

I LORO GENITORI NON APPROVANO CHE SI PARLINO...
SCHULZ

HAI CAPITO ?
SÌ, HO CAPITO! NON C'È BISOGNO CHE URLI CON ME!
FORSE HAI RAGIONE... FORSE NON DOVREI URLARE TANTO CON TE, MA SENTO CHE SE TI PARLASSI TRANQUILLAMENTE COME ADESSO...
TU NON STARESTI A SENTIRE!
SCHULZ

POSSO FARTI UNA DOMANDA, SCHROEDER?
PROVA
BEH, SE IO E TE CI SPOSASSIMO, CREDI CHE SARESTI IN GRADO DI MANTENERMI SUONANDO IL PIANO ?
VEDIAMOLA PIUTTOSTO COSI'... IN PRIMO LUOGO...
E' PROPRIO QUESTO CHE TEMEVO !
SCHULZ

SCHROEDER, QUANTE CREDI CHE SIANO LE PROBABILITA' CHE IO E TE UN GIORNO CI SPOSEREMO ?
OH, DIREI CIRCA "GOOGOL" CONTRO UNA
E QUANTO E' UN "GOOGOL" ?
10,000,000,000,000,000,000,000,000,000,000,000,000,000,000,000,000,000,000,000,000,000,000,000,000,000,000,000,000,000,000,000,000,000,000,000
SCHULZ
SIGH

GUARDAMI, CHARLIE BROWN, GUARDAMI !
GUARDA COME SALTO LA CORDA! GUARDAMI...GUARDAMI...GUARDAMI...
STO GUARDAMIANDO!
"GUARDAMIANDO"?

SNAP
LO SAPEVO CHE QUELL-L'ARMADIO ERA TROPPO PIENO!

PUOI SMETTERE DI PREOCCUPARTI, SCHROEDER...
NON TI PARLERO` MAI PIU` DI MATRIMONIO
MIA ZIA MARIAN HA SPOSATO UN SUONATORE DI TROMBA E DICE CHE UN MUSICISTA IN FAMIGLIA BASTA !
EVVIVA LA ZIA MARIAN !
SCHULZ

A TE QUESTA SEMBRA UNA PIOG-GIA ENORME ?
RACHEL CARSON DICE CHE, QUANDO SI FORMARONO GLI OCEANI, PIOVVE GIORNO E NOTTE PER SECOLI
DEV'ESSERE STATO DIFFICILISSI-MO FISSARE LE DATE DEI PICNIC !
SCHULZ

CHISSÀ SE HO UN'ARIA PATETICA ?
TALVOLTA, QUANDO PICCOLI CANI STANNO ALLA PIOGGIA CON ARIA PATETICA, ARRIVANO RICCHE DAME CON GRANDI AUTOMOBILI E LI PORTANO NELLE LORO BELLE CASE...
MA NON MOLTO SPESSO...
SCHULZ

CREDE CHE SE STA ALLA PIOGGIA CON ARIA PATETICA, ARRIVERÀ QUALCHE RICCA SIGNORA CON UNA GRANDE AUTOMOBILE E SE LO PORTERÀ A CASA A CONDURRE UNA VITA DI AGI
CHE TIPO DI VITA CREDE DI CONDURRE ATTUALMENTE ?
TANTO PER COMINCIARE, SONO CIRCONDATO DAL SARCASMO !
SCHULZ

MI PIACEREBBE FARE UN SACCO DI SOLDI, MA NON VORREI ESSERE SNOB...
CI HO PENSATO MOLTO
E ALLORA COSA HAI DECISO?
ALLORA HO DECISO DI ESSERE UNA PERSONA MOLTO RICCA E FAMOSA CHE NON DÀ IMPORTANZA AL DENARO E CHE È MOLTO MODESTA, CHE PERÒ FA UN SACCO DI SOLDI E È MOLTO FAMOSA, PERÒ MOLTO MODESTA, E RICCA E FAMOSA..
BUONA FORTUNA!
SCHULZ

I CANI SONO ESSERI VERAMENTE PECULIARI...
NON PENSANO MAI A ALTRO CHE A MANGIARE...
IO LA DEFINISCO MANCANZA DI PROFONDITÀ
IO PREFERISCO CONSIDERARLA UNICITÀ DI PROPOSITI!
SCHULZ

D'ACCORDO, MAMMA! LO FARO`!
HO DETTO CHE L'AVREI FATTO E LO FARO`!
NON C'E` BISOGNO CHE CONTINUI A RICORDARMELO! LO FARO`!
NON C'E` BISOGNO CHE MI TOGLI IL FIATO! HO DETTO CHE L'AVREI FATTO E LO FARO`!!
Cara Nonna, grazie per il regalo di Natale.
SCHULZ

NON MI VA DI AFFRONTARE I PROBLEMI DI PETTO
PENSO CHE IL MODO MIGLIORE PER RISOLVERE I PROBLEMI SIA EVITARLI
QUESTA E` UNA MIA FILOSOFIA BEN DEFINITA...
NESSUN PROBLEMA E` TANTO GROSSO O COMPLICATO CHE NON GLI SI POSSA SCAPPAR VIA!
SCHULZ

E SE FOSSERO TUTTI COME TE?
E SE TUTTI SFUGGISSIMO I NOSTRI PROBLEMI? EH? COSA SUCCEDEREBBE?
E SE TUTTI IN TUTTO IL MONDO IMPROVVISAMENTE DECIDESSERO DI SFUGGIRE I LORO PROBLEMI?
BEH, ALMENO CORREREMMO TUTTI NELLA STESSA DIREZIONE!
SCHULZ

RACHEL CARSON DICE CHE QUANDO LA LUNA FU CREATA NON C'ERANO OCEANI SULLA TERRA
RACHEL CARSON! RACHEL CARSON! RACHEL CARSON!
NON FAI ALTRO CHE PARLARE DI RACHEL CARSON!
NOI RAGAZZE ABBIAMO BISO-GNO DELLE NOSTRE EROINE!
SCHULZ

TU NON SAI COME SEI FORTUNATO!
IN QUESTO PAESE NASCONO DIECIMILA CAGNOLINI E GATTINI ALL'ORA E TU SEI UNO DEI POCHISSIMI A AVERE UNA CASA TUA...
COME PUOI GODERTELA SE TI FANNO SENTIRE COLPEVOLE?
SCHULZ

METTI UNA MANO SUL TAVOLO
POI IO METTO LA MIA MANO SULLA TUA... ADESSO METTI TU L'ALTRA MANO SULLA MIA... POI IO METTO L'ALTRA MANO SULLA TUA...
ADESSO PRENDI LA MANO CHE E` IN FONDO E METTILA IN CIMA... POI PRENDO IO LA MANO CHE E` IN FONDO E LA METTO SOPRA, E COSI` VIA... CAPITO?
E` UN BEL GIOCO... PERCHÉ NON NE PARLIAMO CON ALTRI? POTREMMO FORMARE DELLE SQUADRE E ORGANIZZARE UN CAMPIONATO!
SCHULZ

NON SEI AD-DESTRATO A FARE NIENTE !
SEI COMPLETAMENTE INUTILE !
ANCHE IL CANE PIÙ TONTO PUÒ ESSERE ADDESTRATO A PORTARE LE PANTOFOLE AL PADRONE !
NON RIESCO A PENSARE NULLA DI PIÙ ANTIIGIENICO !
SCHULZ

DIAVOLO! NESSU-NO DÀ MAI UN SAN VALENTINO A **ME** !
VORREI CHE IL GIORNO DI SAN VALENTINO NON CI FOSSE...
SO CHE NESSUNO MI AMA ...
PERCHÉ DEV'ESSERCI UN GIORNO DI SAN VALENTINO APPOSTA PER **SOTTOLINEARLO** ?
SCHULZ

IERI HO RICEVUTO TRENTA SAN VALENTINO ! QUANTI NE HAI AVUTI TU, CHARLIE BROWN ?
IO ? IO ? IO ?
HA! HA! HA! HA! HA! HO! HO! HO! HO! HO!
HEE HEE HEE HEE HEE HEE HEE HEE
HAHAHAHAHA
E' ISTERICO !
SCHULZ

DIAVOLO!
NIENTE DA FARE...
SCHULZ
NON POSSO DORMIRE SENZA UN ABAT-JOUR !

BEH, HAI PRESO LA TUA DOSE DI VACCINO ORALE SABIN ANTIPOLIO?
OH SÌ, HANNO MESSO LE GOCCE SU UNA ZOLLETTA DI ZUCCHERO E IO L'HO MANGIATA... MA QUESTO E' STATO DOPO CHE HO LITIGATO CON L'INFERMIERA...
BEH, NON E' STATO ESATTAMENTE UN LITIGIO... E' STATA PIUTTOSTO UNA DISCUSSIONE...
IL MIO DENTISTA E' CONTRARIO AL MANGIARE ZUCCHERO!
SCHULZ

MI PARE DI AVER PERSO SAPORE!
SCHULZ

SEMBRI MOLTO SICURO OGGI, LINUS
LO SONO... MI SENTO PROPRIO SICURO...
DOVE CREDI CHE SIA LA FONTE DI QUESTA SICUREZZA: NEL POLLICE, NELLA COPERTA O NELLA POSIZIONE CHE ASSUMI?
DIREI CHE È UNA COMBINAZIONE DI INGREDIENTI...
UN PO' COME UNA SPECIALITÀ MEDICINALE!
SCHULZ

CHE DIFFERENZA C'È FRA UN "HEREFORD" E UN "POLLED HEREFORD"?
"POLLED" VUOL DIRE CHE LI ALLEVANO SENZA CORNA
DAVVERO? CIÒ È MOLTO INTERESSANTE
MI ASPETTAVO IN PIENO QUALCHE COMMENTO SUI "POLLED BRACCHETTI"!
SCHULZ

HO DECISO DI DIVENTARE UN ALLEVATORE DI "POLLED HEREFORD"
GUARDA... E' LA FOTOGRAFIA DI UN TORO VENDUTO PER PIU' DI QUATTROMILA DOLLARI! NON E' STRAORDINARIO?
POTREI DIVENTARE RICCO! E NON DOVREI NEMMENO VENDERNE MOLTISSIMI...
GUARDA QUANTO RICAVEREI SE NE VENDESSI ANCHE UNO SOLO AL GIORNO!
SCHULZ

SARESTI UN ALLEVATORE TREMENDO...
NON HAI MAI VISTO NEMMENO UNA MUCCA! L'UNICO ANIMALE CHE HAI CONOSCIUTO E' SNOOPY
E LUI NON E' PROPRIO CIO' CHE SI POTREBBE DEFINIRE RAPPRESENTATIVO DEL REGNO ANIMALE!
L'HA DETTO LEI... NON IO!
SCHULZ

PERCHÉ ?
PERCHÉ COSA ?
PERCHÉ APPENA UNO ESPONE UN'ASPIRAZIONE, TUTTI CERCANO DI SCORAGGIARLO ? PERCHÉ **NON POTREI** FARE L'ALLEVATORE DI POLLED HEREFORD ?
PERCHÉ SEI **STUPIDO**, ECCO PERCHÉ !
A PARTE QUESTO, INTENDO !
SCHULZ

IO SONO L'ALLEVATORE, SNOOPY, E TU SEI UNO DEI MIEI HEREFORD DA GRAN PREMIO
È L'ORA DEL PASTO, VEDI, E IO TI STO PORTANDO DEL FIENO...
NON CREDO CHE FAREI UNA GRAN RIUSCITA COME HEREFORD...
SCHULZ

IN CHE MODO INTENDI PROCEDERE PER COMINCIARE L'ATTIVITA' NELL'ALLEVAMENTO DEL BESTIAME, LINUS?
BEH, PENSO CHE SCRIVERO' AL MINISTERO DELL'AGRICOLTURA PER SENTIRE SE ASSEGNANO DELLE MUCCHE...
NON NE SONO SICURO, MA CREDO CHE SE FAI PARTE DEGLI "AMICI DI TOPOLINO", HAI DIRITTO A TUTTO QUELLO CHE VUOI...
MI RENDO CONTO CHE HO MOLTO DA IMPARARE...
SI', PENSO CHE FORSE NE HAI!
SCHULZ

STO SCRIVENDO AL MINISTERO DELL'AGRICOLTURA
SE MI MANDANO GRATUITAMENTE UNA MUCCA PER COMINCIARE, IO CONTO DI ESSERE A POSTO...
METTERO' LA MUCCA ALL'ASTA E LA VENDERO' PER CINQUEMILA DOLLARI, POI USERO' IL DENARO PER COMPRARE ALTRE MUCCHE...
NON HA L'ARIA DI UN BUON AFFARE?
SAREI SCIOCCO A NEGARLO!
SCHULZ

RIESCI A VEDERMI COME RE DEGLI ALLEVATORI DI HEREFORD, LUCY ?
OH, CI RIESCO BENISSIMO... TI VEDO CAVALCARE SUL TUO SUPERBO MUSTANG ALLA GUIDA DELLA MANDRIA...
VEDO LA TUA SILHOUETTE STAGLIARSI CONTRO IL CIELO AL TRAMONTO...
CON UN DITO IN BOCCA E QUELLA STUPIDA COPERTA IN MANO
SCHULZ

ODIO GIOCARE ALL'ORSACCHIOTTO !
SCHULZ

"COME FARE UN PINGUINO"... PRIMO, UNITE I DUE ANGOLI OPPOSTI...
POI PIEGATE GLI ALTRI DUE ANGOLI NEL MEZZO... POI...
BENONE! CHI HA PRESO LA MIA COPERTA?
MOLTO SPIRITOSO!
SCHULZ

HAI COMPRATO UN AQUILONE NUO-VO, CHARLIE BROWN? CHE CRUDELTA'!
VUOI PORTAR FUORI QUEL POVERO AQUILONE INNOCENTE E FARLO IMPIGLIARE IN QUALCHE ALBERO? CHE CRUDELTA'!
O PEGGIO ANCORA, LO FARAI IMPIGLIARE A QUALCHE FILO DEL TELEFONO, DOVE RESTERA' APPESO TUTTA L'ESTATE ESPOSTO ALLA FURIA DEGLI ELEMENTI! OH, CHE BARBARIE!
VORREI RESTITUIRE UN AQUILONE, PER FAVORE!
SCHULZ

CARO SIG. PRODUTTORE, IERI SERA HO VISTO IL SUO PROGRAMMA DI CARTONI ANIMATI ALLA TV. DEVO PROTESTARE.
COS'ALTRO VUOI DIRE ?
I DISEGNI SONO OFFENSIVI E LEI DIPINGE PESANTEMENTE GLI ANIMALI COME SCIOCCHI E STUPIDI.
FORSE AVREI DOVUTO ACCENNARE QUALCOSA A PROPOSITO DI NON COMPRARE IL PRODOTTO RECLAMIZZATO
SCHULZ

SAI, LINUS, AMMETTO CHE RIESCO A VEDERE QUALCHE PREGIO IN QUESTA FACCENDA DELLA COPERTA...
SEMBRA CHE TI METTA IN UNO STATO D'ANIMO CONTEMPLATIVO...IMMAGINO CHE TI CALMI LA MENTE E TI CONSENTA DI PENSARE VERAMENTE ALLE COSE
AL CONTRARIO...
IO TROVO CHE SUCCHIARSI IL POLLICE CON UNA COPERTA IN MANO, PER ESSERE FATTO BENE, RICHIEDA UNA CONCENTRAZIONE COMPLETA!
SCHULZ

IL SONNO E` ESTREMAMENTE IMPORTANTE PER LA SALUTE
IL SONNO DÀ ALLE CELLULE IL TEMPO DI RICUPERARE DOPO LE FATICHE DELLA GIORNATA
E` VERO...
LE MIE CELLULE SONO GRANDI LAVORATRICI!
SCHULZ

SANTO CIELO!
SONO FINITO! QUESTO MESE NON HO AVUTO LA MENZIONE D'ONORE!
SARA` UN COLPO PER MIA MADRE E MIO PADRE... LORO VOGLIONO CHE IO SIA IL BAMBINO PIU` BRAVO DEL MONDO!
COSA CREDI CHE SUCCEDERA`?
BEH, OVVIAMENTE IL PRIMO PASSO SARA` UNA LAMENTELA NEI CONFRONTI DELLA MAESTRA!
SCHULZ

SONO A CASA, MAMMA!
SONO TORNATO DA SCUOLA!!
VOLEVO FARTI SAPERE CHE SONO A CASA
SONO A CASA, MAMMA!
NON HO AVUTO LA MENZIONE D'ONORE...
SONO A CASA, MAMMA!
SCHULZ

COME HA PRESO TUA MADRE LA NOTIZIA CHE NON HAI AVUTO LA MENZIONE D'ONORE?
NON TANTO BENE! STA MINACCIANDO UNA RITIRATA STRATEGICA!
COSA DIAVOLO E` ?
VUOLE RITIRARSI DALL'ASSOCIAZIONE GENITORI, DAL COMITATO SCOLASTICO E DAL CIRCOLO DEL BRIDGE!
SCHULZ

SPERO CHE TU TI RENDA CONTO DI COME SONO RIMASTI DELUSI PAPÀ E MAMMA PERCHÉ NON HAI AVUTO LA MENZIONE D'ONORE...
ALLORA NON HO AVUTO LA MENZIONE D'ONORE! QUESTO NON SIGNIFICA CHE IL MONDO STIA PER FINIRE, NO?
NO?
SCHULZ

SONO TUTTI COSÌ SCONVOLTI PERCHÉ NON HO AVUTO LA MENZIONE D'ONORE...
MIA MADRE È SCONVOLTA, MIO PADRE È SCONVOLTO, LA MAESTRA È SCONVOLTA, IL PRESIDE È SCONVOLTO... MISERICORDIA!
DICONO TUTTI LA STESSA COSA... SONO DELUSI PERCHÉ IO HO TALI POSSIBILITÀ...
NON C'È FARDELLO PIÙ PESANTE DI QUESTE GRANDI POSSIBILITÀ!
SCHULZ

IN UN'ORA COME QUESTA POSSO VERAMENTE APPREZZARE LE QUALITA' DI UN CANE, SNOOPY
TU NON ABBANDONERESTI MAI UN AMICO SOLO PERCHÉ NON HA AVUTO LA MENZIONE D'ONORE
I CANI ACCETTANO LA GENTE PER QUELLO CHE È...
SÌ ?
SCHULZ

CERCHI DELLA CARTA PER SCRIVERE ?
BEH, DEVO SCRIVERE UNA POESIA PER LA SCUOLA ...
QUESTA NON VA BENE ?
UN'OPERA DI TALE MAGNIFICENZA RICHIEDEREBBE UNA PERGAMENA ADEGUATA !
SCHULZ

NON POSSO FARTI ENTRARE, SNOOPY...A MIA MADRE NON PIACE L'ODORE DI CANE BAGNATO...
HO LA MENTE RUTILANTE DI RISPOSTE SARCASTICHE!
SCHULZ

COMPRARE DISCHI MI TIRA SU...OGNI VOLTA CHE MI SENTO GIÙ, COMPRO QUALCHE DISCO NUOVO...
OGGI ERO COSÌ DEPRESSO CHE HO COMPRATO IL CONCERTO PER VIOLINO DI MENDELSSOHN, IL SECONDO CONCERTO PER PIANO DI BRAHMS E L'ODE PER IL GIORNO DI S. CECILIA DI HÄNDEL...
WOW!
SI PUÒ ESSERE PIÙ DEPRESSI?
SCHULZ

"PRESTO HANSEL E GRETEL ARRIVARONO A UNA CASETTA"
"QUANDO FURONO VICINI, VIDERO CHE LA CASETTA ERA FATTA DI PANE E AVEVA IL TETTO DI TORTA"
"LE FINESTRE ERANO DI ZUCCHERO TRASPARENTE"
NON DOVEVA ESSERCI UN REGOLAMENTO EDILIZIO MOLTO RIGIDO...
SCHULZ

OGGI, RAGAZZI, AFFRONTIAMO L'INIZIO DI UNA NUOVA STAGIONE...
IL SUCCESSO DI UNA SQUADRA DIPENDE MOLTO DAL SUO ATTEGGIAMENTO...
VOI TUTTI SENTITE CHE POSSIAMO GUARDARE A QUESTA STAGIONE CON AUTENTICA FIDUCIA ?
NO, GUARDIAMO A ESSA CON AUTENTICO ORRORE!
SCHULZ

C'E' MOLTO DA IMPARARE NEL BASE-BALL AL DI LA` DEL PURO GIOCO...
IL GIOCO DEL BASEBALL E IL GIOCO DELLA VITA SONO MOLTO SIMILI
IL MODO IN CUI UNA PERSONA AGISCE SUL CAMPO PUO` ESSERE IL MODO IN CUI AGISCE NELLA VITA
NON DIRE COSI` !
SCHULZ

OGGI VOGLIO PARLARVI DI UNA COSA MOLTO IMPORTANTE...
COME SAPETE, GLI SCOPI DEL-L'ALLENAMENTO PRIMAVERILE SONO MOLTI E VARI...
UNO DEGLI SCOPI PRINCIPALI E` SBARAZZARSI DI UN PO' DEL GRASSO INVERNALE...
NON SONO VENUTO QUI PER FARMI INSULTARE !
SCHULZ

HEY, CAPITANO, ABBIAMO UN'IDEA PER MIGLIORARE IL CENTRO CAMPO
QUI E` TROPPO SPOGLIO... C'E` SOLTANTO ERBA... CI VORREBBE-RO DEI FIORI E DEGLI ARBUSTI PER RENDERLO CARINO!
ABBIAMO PENSATO DI DIRTELO PERCHÉ TU POSSA PROVVEDERE...
SONO L'UNICO CAPITANO CHE RICEVA RAPPORTI DA UN COMI-TATO PER IL GIARDINAGGIO!
SCHULZ

DESIDERO DIRE A TUTTI VOI QUAN-TO SIA COMPIACIU-TO DELLO SPIRITO CHE ANDATE MOSTRANDO...
APPREZZO IL VOSTRO MODO DI DISCUTERE E COMMENTARE... MI PIACE SENTIRE UNA FITTA CONVERSAZIONE
NON ESSERE TANTO DELI-CATO, CHARLIE BROWN...
PERCHÉ NON DICI SINCERA-MENTE CHE SEI CONTENTO DI AVERE UNA SQUADRA DI CHIACCHIERONI ?
SCHULZ

QUESTE PALLE NON VALGONO NIENTE
PIÙ O MENO DOPO TRE INNINGS VANNO TUTTE A PEZZI
CAPISCO COSA VUOI DIRE
POFF!
E' CIO' CHE SI DEFINISCE "OBSOLESCENZA PROGRAMMATA"!
SCHULZ

QUESTA È LA NOSTRA PRIMA PARTITA DELLA STAGIONE, CHARLIE BROWN...
TU SEI IL NOSTRO CAPITANO... DICCI CHE NON PERDEREMO!
DICCELO, CAPITANO, DICCI CHE NON PERDEREMO! DICCELO! DICCELO! DICCELO! DICCI CHE NON PERDEREMO!
D'ACCORDO... NON PERDEREMO!
HA!
SCHULZ

BENE, CI SIAMO... IL PRIMO LANCIO DELLA STAGIONE!
QUESTO PRIMO LANCIO DEVE ESSERE IRRESISTIBILE... LETTERALMENTE IRRESISTIBILE!
ECCOLO... UN LANCIO IRRESISTIBILE...
...E FUORI DI CINQUE METRI!
SCHULZ

CHE RAZZA DI PITCHER SEI?
HAI BUTTATO LA PRIMA PALLA DELLA STAGIONE FUORI DI UN CHILOMETRO!
MI È COME SCAPPATA...
BEH, CERCA DI STARE PIÚ ATTENTO...
HAI QUASI COLPITO MIA MADRE!

È MIA!
NO, È MIA!
NO, È MIA!
MIA!
DI CHI È?
È MIA!
È LORO!
È MIA!
È TUA!
È SUA!
È TUA!
È MIA!
È NOSTRA!
PLOP!
CI VOGLIONO SEMPRE UN PO' DI PARTITE PRIMA CHE I MIEI UOMINI SI ORGANIZZINO!
SCHULZ

È TORNATO LINUS DAL SUO PRANZO?
SÌ, È TORNATO ...E ANCHE SHERMY, SNOOPY E VIOLET SONO TORNATI...
MA ADESSO PATTY, LUCY E FRIEDA DEVONO ANDARE A CASA A CENARE.
SIGH È STATO UN LUNGO PRIMO INNING!
SCHULZ

SANTO CIELO!
CENTOOTTANTAQUATTRO A ZERO!
NON RIESCO A CAPIRE...
COME MAI PERDIAMO, QUANDO SIAMO COSI` LEALI?
SCHULZ

...E GLI ANIMALI, NATURALMENTE, MANGIANO LA VEGETAZIONE CHE CRESCE NELLA GIUNGLA...
MA COSA BEVONO? DOVE PRENDONO L'ACQUA?
DI SOLITO BEVONO NEI RUSCELLI O NEGLI STAGNI...
VUOI DIRE CHE BEVONO ACQUA **SELVATICA**?
SCHULZ

OGGI NON MI SENTO PROPRIO BENE...
FORSE E' MEGLIO CHE NON GIOCHI...
E' UNA BUONA IDEA, CHARLIE BROWN... STAI A CASA A RIPOSARE...
DEL RESTO, IL TUO GIOCO E' SEMPRE STATO SPAVENTOSO... SARA' MEGLIO CHE TU STIA A CASA...
NON FARTI VEDERE, PER IL BENE DELLA TUA SQUADRA!
SCHULZ

ABBIAMO UN BILIARDO NUOVO A CASA...
E' MOLTO BELLO... IL PANNO E' DI UNA SPECIE DI COLOR MANDARINO...
MAGNIFICO... SONO SICURO CHE TUO PADRE CI SI DIVERTIRA' MOLTISSIMO...
NON E' DI MIO PADRE... E' DI MIA **MADRE**!
SCHULZ

SI DIVERTE TUA MADRE COL SUO BILIARDO NUOVO CO-LOR MANDARINO ?
OH, SÌ...LEI E LE SUE AMICHE SI DIVERTONO MOLTO...PRENDO-NO IL CAFFE` E GIOCANO AL BI-LIARDO QUASI OGNI MATTINA...
ADESSO PARLA UN LIN-GUAGGIO TUTTO NUOVO...
IERI SERA MI HA DETTO: "VAI A LETTO, FILOTTINO MIO!"
SCHULZ

IN QUESTI GIORNI, LA NOSTRA STANZA DEI GIOCHI SALTA PER ARIA...
APPENA HANNO MANDATO I BAM-BINI A SCUOLA, TUTTE LE MADRI SI RIUNISCONO A CASA NOSTRA A GIOCARE AL BILIARDO
COSA NE PENSA TUO PADRE ?
NON CREDO CHE APPROVI...
DICE: "PERCHÉ LE DONNE NON SE NE STANNO AL LORO POSTO NEI CAMPI DI BOCCE ?
SCHULZ

UN PANINO IMBURRATO E UNA BANANA... CHE COLAZIONE SENZA FANTASIA!
E' COSÌ DA UNA SETTIMANA
E PERCHÉ MIA MADRE STA A GIOCARE CON LA TUA A QUELLO STUPIDO BILIARDO!
DUNQUE HAI AVUTO UNA COLAZIONE SCARSA... SII FIERO...
HAI L'UNICA MADRE CHE SA COLPIRE DI EFFETTO DOPO QUATTRO SPONDE SENZA BERE!
OH, SANTO CIELO!
SCHULZ

DOV'È LA TUA CODA DI CAVALLO, VIOLET?
MIA MADRE NON HA AVUTO TEMPO DI PETTINARMI STAMATTINA...
PERCHÉ?
PERCHÉ AVEVA UNA FRETTA TREMENDA DI ANDARE DA TUA MADRE A GIOCARE AL BILIARDO, ECCO PERCHÉ!
SIGH
SCHULZ

SONO NEI GUAI, SNOOPY...
TUTTI I BAMBINI CE L'HANNO CON ME PERCHÉ LE LORO MADRI PASSANO TANTO TEMPO A GIOCARE COL BILIARDO NUOVO COLOR MANDARINO DI MIA MADRE...
NON AVREI MAI DETTO CHE SOLO CAMBIARE IL COLORE DEL PANNO DAL VERDE AL MANDARINO FACESSE TANTA DIFFERENZA
MI CHIEDO COSA ACCADREBBE SE FACESSERO I CAMPI DI GOLF ROSA!
SCHULZ

LE MUCCHE MI AFFASCINANO...
SONO COSÌ STUPIDE... STANNO SEMPRE LÌ COSÌ A FISSARE NEL VUOTO
QUALUNQUE TEMPO CI SIA, LORO SE NE STANNO LÌ
NON TROVO NIENTE DI PIÙ STUPIDO CHE STAR FUORI NEI PASCOLI QUANDO PIOVE!
SCHULZ

DEFICIENTE! HAI BATTUTO FUORI!
NON SO COSA FARCI!
HO CERCATO DI FARGLI IL PELO!
QUESTO E` STATO TUTTO IL TUO GUAIO...
NON TI RIESCONO MAI I COLPI GERGALI !!
SCHULZ

SCAPPI DA CASA?
UH HUH
PORTI VIA MOLTA ROBA?
SOLO LA MIA BOCCIA DA BOWLING!
SCHULZ

I BAMBINI GRANDI SI PRENDONO TUTTO!
TI PASSANO DAVANTI NELLE CODE... ARRAFFANO TUTTA LA TORTA E I GELATI ALLE FESTE...
FORSE E' LA VITA CHE E' FATTA COSÌ...
NEL REGNO ANIMALE LA CHIAMIAMO: "SOPRAVVIVENZA DEL PIÙ GRASSO"!
SCHULZ

MI SENTO UN PO' NERVOSA... NON SONO MAI STATA IN BIBLIOTECA...
SARA' UNA BELLA ESPERIENZA PER TE, SALLY...
PENSO CHE OGNUNO DOVREBBE CONOSCERE LA SUA BIBLIOTECARIA
CONOSCERLA? NON LA VEDO NEMMENO!
SCHULZ

NON CAPISCO... ADESSO COSA SI FA?
E` SEMPLICE... DEVI SOLO PORTARE IL LIBRO ALLA BIBLIOTECARIA E DIRLE CHE VORRESTI PRENDERLO IN PRESTITO...
MA IO NON HO SOLDI...
NON C'E` BISOGNO DI SOLDI... E`IL COMUNE CHE PAGA TUTTO...
AH, HA! CERCANO DI CONTROLLARE LE NOSTRE LETTURE!
SCHULZ

TROVO CHE LE BIBLIOTECHE SIANO MERAVIGLIOSE...
VERAMENTE!
DOVE ALTRO PUO` UNA BAMBINA PICCOLA COME ME ENTRARE E PRENDERE A PRESTITO ASSOLUTAMENTE GRATIS UN LIBRO COME QUESTO SU HUMPHREY BOGART?
HAI RAGIONE... LE BIBLIOTECHE SONO MERAVIGLIOSE!
SCHULZ

SIGH
LA FELICITA` E` AVERE LA PROPRIA TESSERA DELLA BIBLIOTECA !
SCHULZ

OH, NO!
GLI EROI DEL BASEBALL DEGLI ALTRI BAMBINI FANNO GLI HOME RUN...I MIEI RETROCEDONO IN SERIE B!
SCHULZ

SIGH
COSA CI FAI CON TUTTE LE FOTOGRAFIE DEL TUO EROE QUANDO LUI FINISCE IN SERIE B ?
SCHULZ

HO SENTITO CHE IL TUO GIOCATORE PREFERITO E' FINITO IN SERIE B...
SI', E' MOLTO DEPRIMENTE...
IL TUO EROE AVEVA I PIEDI DI ARGILLA, EH ?
NO, AVEVA UNA MEDIA BASSA DI BATTUTE UTILI !
SCHULZ

AL MIO EROE DEL BASEBALL.
MI E` DISPIACIUTO LEGGERE CHE SEI STATO MANDATO IN SERIE B.
CONTINUO A PENSARE CHE SEI UN GRANDE GIOCATORE.
PENSERO` SEMPRE CHE SEI UN GRANDE GIOCATORE.
NON CAPISCO PERCHÉ TI ABBIANO FATTO QUESTO.
TU SEI UN GRANDE GIOCATORE.
TU SEI IL
NON LO SOPPORTO
SOB
SCHULZ

SAI UNA COSA CHE MI SCONVOLGE?
SENTIR DIRE I GENITORI CHE HANNO BISOGNO DI UNA VACANZA PER STARE LONTANO DAI BAMBINI
CAPISCO COSA VUOI DIRE...
E` IL TIPO DI COSA CHE DA` TREGUA AGLI UOMINI SOBRI...
SCHULZ

Cartolina di abbonamento speciale

Sì desidero abbonarmi per un anno a Linus (12 numeri) con lo sconto del 25% a me riservato. Pagherò così l'abbonamento solo L. 54.000 anziché L. 72.000

DATI PERSONALI

Cognome ______________________

Nome ______________________

Via ______________________ n. ________

Citta' ______________________ Prov. ________

C.A.P. ____________ Tel. ____________

Scelgo di effettuare il pagamento con i bollettini che mi invierete

30 ☐ in un'unica soluzione di L.54.000

40 ☐ in 3 comode rate mensili da L.18.000

CD. 090-020136810

________________ data

________________ Firma

Consegna questo coupon al momento dell'acquisto otterrai uno sconto di L.1.000 su Linus di Gennaio

Da utilizzare in edicola entro e non oltre il 30 gennaio.
Valido comunque fino a esaurimento delle copie disponibili presso ciascuna edicola. I buoni non sono cumulabili con altri.
Valido per l'acquisto di una sola copia.

Riservato ai signori edicolanti che ringraziamo per la collaborazione. Consegnate il presente Buono Sconto al momento della resa di Linus di Gennaio al vostro distributore. Per ciascun buono ricaverete l'accredito di L.1.000.

Tascabili Peanuts

1. Charles M. Schulz,
   Il terzo libro di Charlie Brown (2ª edizione)
2. Charles M. Schulz,
   Povero Charlie Brown! (2ª edizione)
3. Charles M. Schulz,
   L'aquilone e Charlie Brown (2ª edizione)
4. Charles M. Schulz,
   Vita da cani, Charlie Brown! (2ª edizione)
5. Charles M. Schulz,
   È domenica, Charlie Brown!
6. Charles M. Schulz,
   Niente da fare, Charlie Brown!
7. Charles M. Schulz,
   Coraggio, Charlie Brown!
8. Charles M. Schulz,
   Siamo con te, Charlie Brown!

Stampato nel dicembre 1996
per conto di Baldini&Castoldi
da G. Canale & C. S.p.A. - Borgaro Torinese